EL DESPERTAR DE LA FUERZA

ELIZABETH SCHAEFER ILUSTRADO POR DAVID WHITE

Originally published in English as Lego Star Wars: The Force Awakens

ISBN 978-1-338-04403-4

10 9 8 7 6 5 4 3   17 18 19 20
PRINTED IN THE U.S.A.   40
FIRST SCHOLASTIC SPANISH PRINTING 2016

BOOK DESIGN BY ERIN MCMAHON

SCHOLASTIC INC.

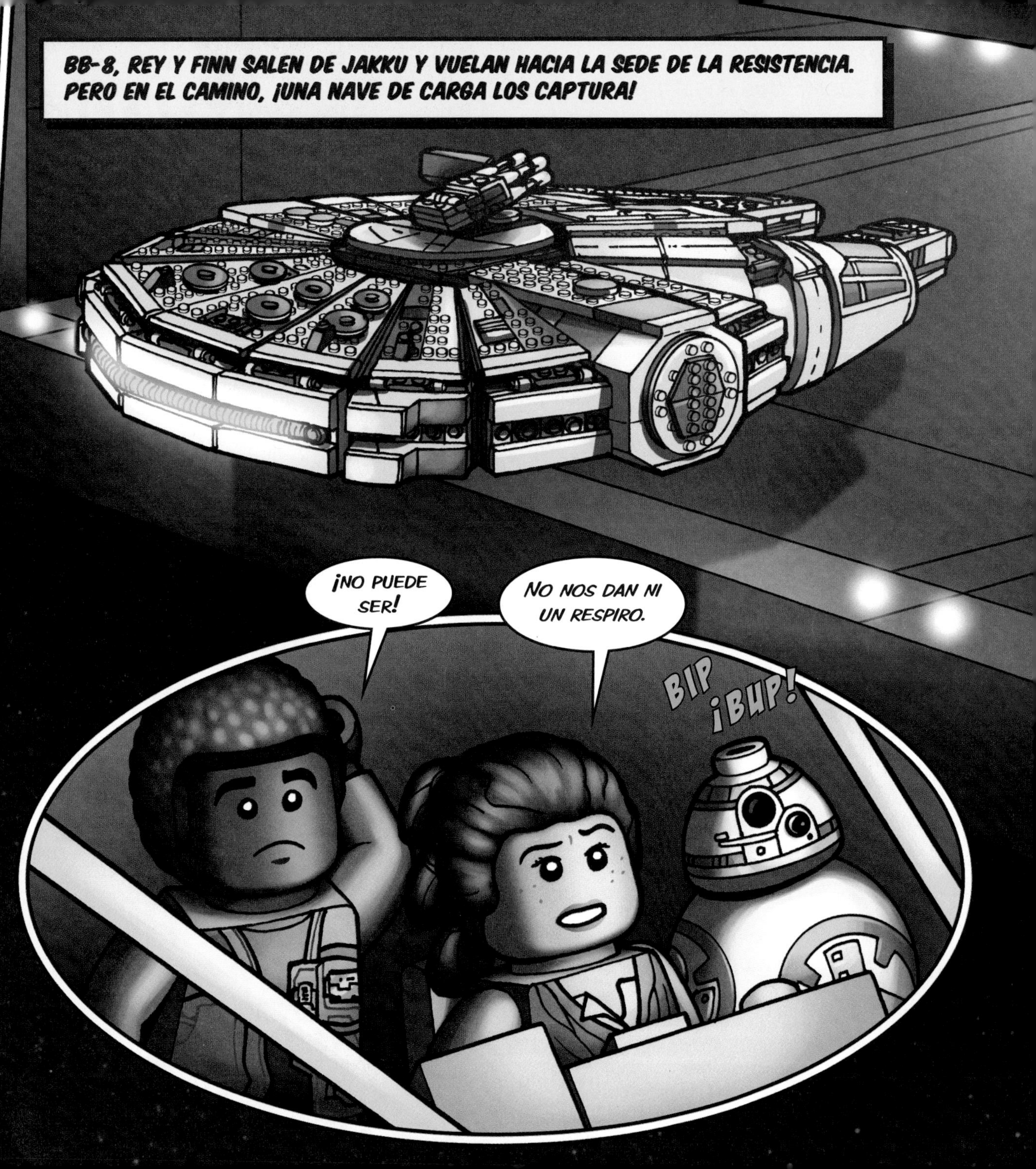
BB-8, REY Y FINN SALEN DE JAKKU Y VUELAN HACIA LA SEDE DE LA RESISTENCIA. PERO EN EL CAMINO, ¡UNA NAVE DE CARGA LOS CAPTURA!
¡NO PUEDE SER!
NO NOS DAN NI UN RESPIRO.
BIP ¡BUP!

CUANDO POR FIN SE LIBRAN DE LAS BANDAS, HAN LOS LLEVA A CONOCER A SU VIEJA AMIGA MAZ. ELLA ES DUEÑA DE UN GRAN CASTILLO A DONDE VAN CRIATURAS DE TODA LA GALAXIA A DIVERTIRSE.

¡AL MENOS NO HAY ARENA EN MI COMIDA!

MAZ CONOCE A LUKE SKYWALKER DESDE HACE MUCHOS AÑOS Y HA GUARDADO SU VIEJO SABLE DE LUZ. REY NO LO QUIERE, ASÍ QUE SE LO DA A FINN.

¡FINN TIENE LA OPORTUNIDAD DE PONER A PRUEBA SU NUEVA ARMA RÁPIDAMENTE! LA PRIMERA ORDEN DETECTA AL *HALCÓN MILENARIO* EN EL CASTILLO DE MAZ Y ATACA.

POE, BB-8 Y LOS OTROS PILOTOS DE LA RESISTENCIA ATACAN DESDE EL CIELO.

¡CHU!

¡CHU!

¡CHU!

MIENTRAS TANTO, FINN, HAN Y CHEWBACCA ENCUENTRAN A REY Y DESACTIVAN EL BLINDAJE DE LA BASE DE LA PRIMERA ORDEN.

KYLO REN NO ESTÁ CONTENTO. TRATA DE IMPEDIR QUE EL GRUPO ESCAPE. PERO REY TIENE UNOS CUANTOS TRUCOS BAJO LA MANGA.

¡ESTO DE LA FUERZA ES FÁCIL!

CUANDO TODOS ESTÁN A SALVO, ¡POE DESTRUYE LA BASE EN PEDACITOS! LOS MIEMBROS DE LA RESISTENCIA VUELVEN A LA SEDE A FESTEJAR.